Louis,
devora la vida como si fuera una manzana,
¡no te dejes ni el corazón!

MIXTO
Papel procedente de
fuentes responsables
FSC® C019520

FSC
www.fsc.org

Título original: L'éphémère
Traducción del francés: Patric de San Pedro
Primera edición en castellano: mayo de 2016
© Texto e ilustración: Stéphane Sénégas
© 2007, Éditions Kaléidoscope, París, Francia
© 2016, de la presente edición, Takatuka SL
Takatuka / Virus editorial, Barcelona
www.takatuka.cat
Maquetación: Volta Disseny
Impresión: Novoprint
ISBN: 978-84-16003-64-8
Depósito legal: B 9851-2016

Stéphane Sénégas
Efímera

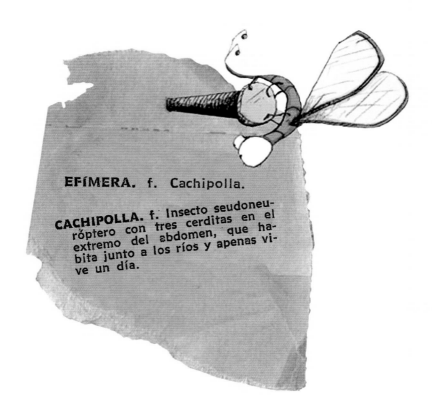

EFÍMERA. f. Cachipolla.

CACHIPOLLA. f. Insecto seudoneuróptero con tres cerditas en el extremo del abdomen, que habita junto a los ríos y apenas vive un día.

TakaTuka

—OH, ¿QUÉ ES ESTO?

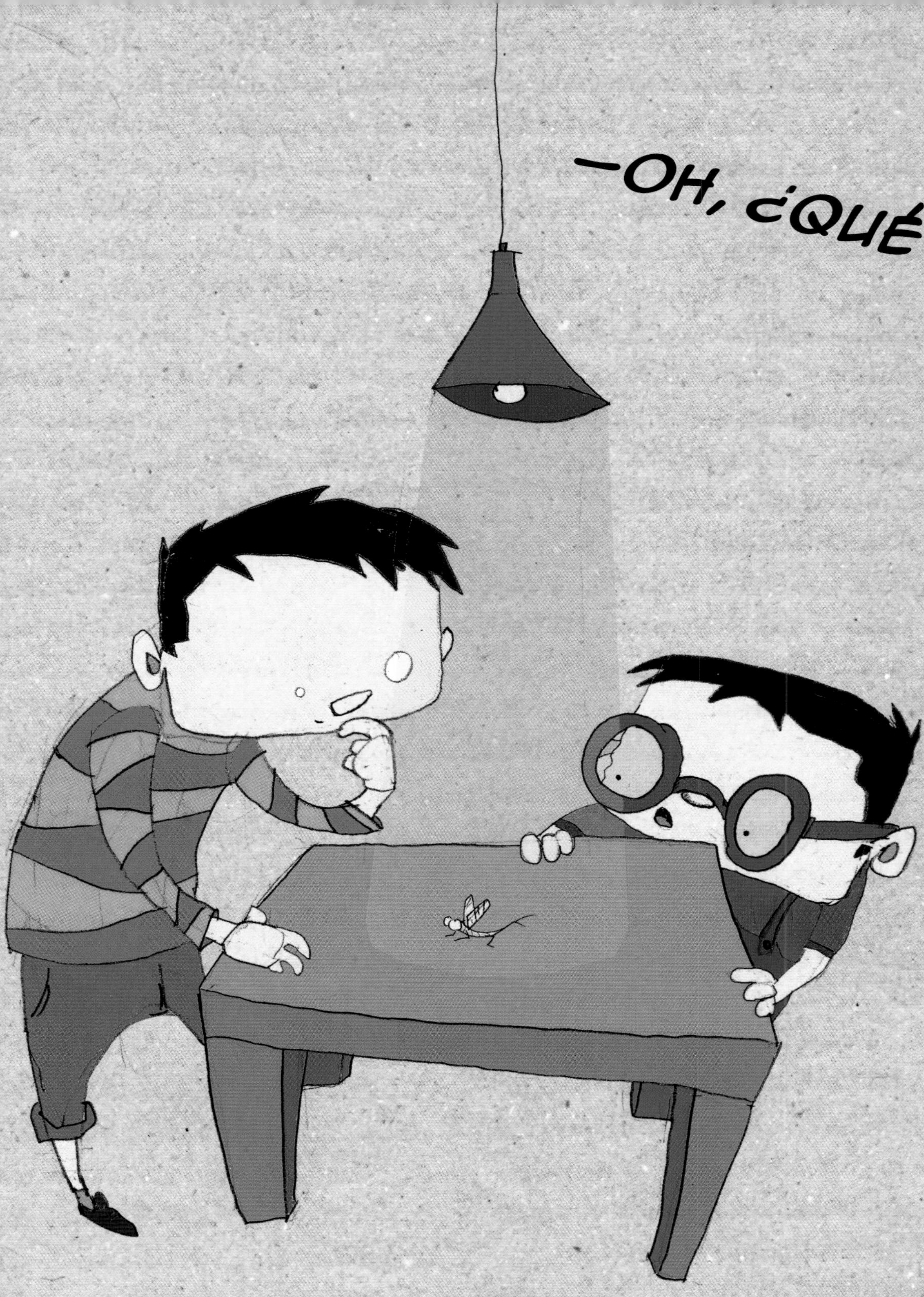

—ES BONITO Y PARECE INOFENSIVO.

—Un momento, voy a buscar su nombre en Internet.

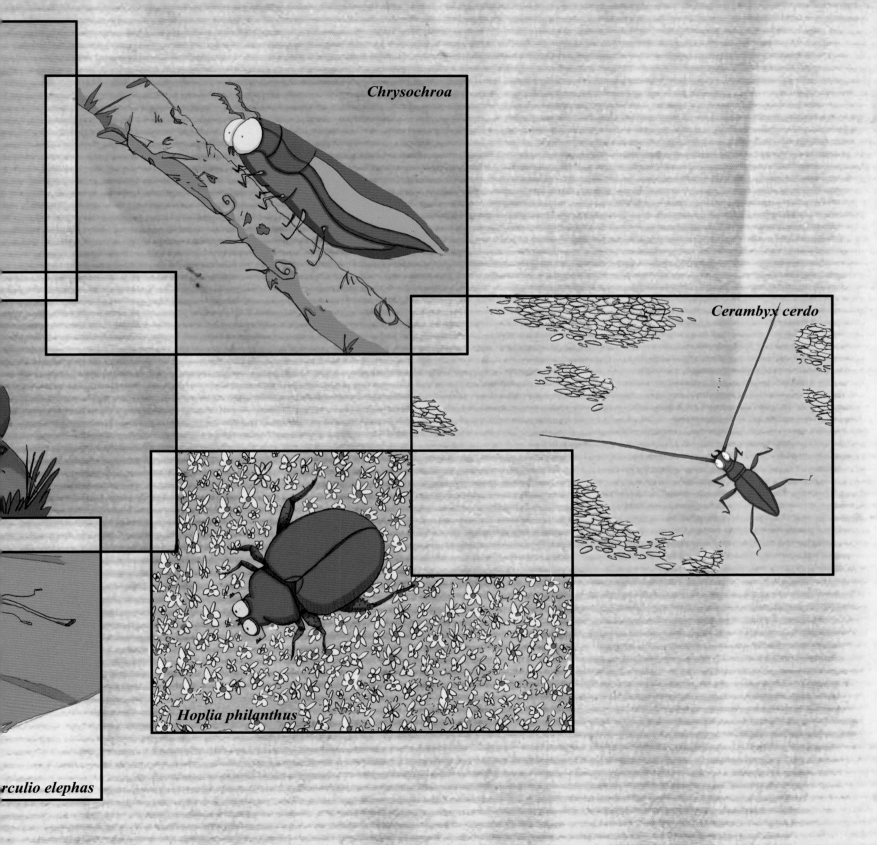

Chrysochroa

Cerambyx cerdo

Hoplia philanthus

rculio elephas

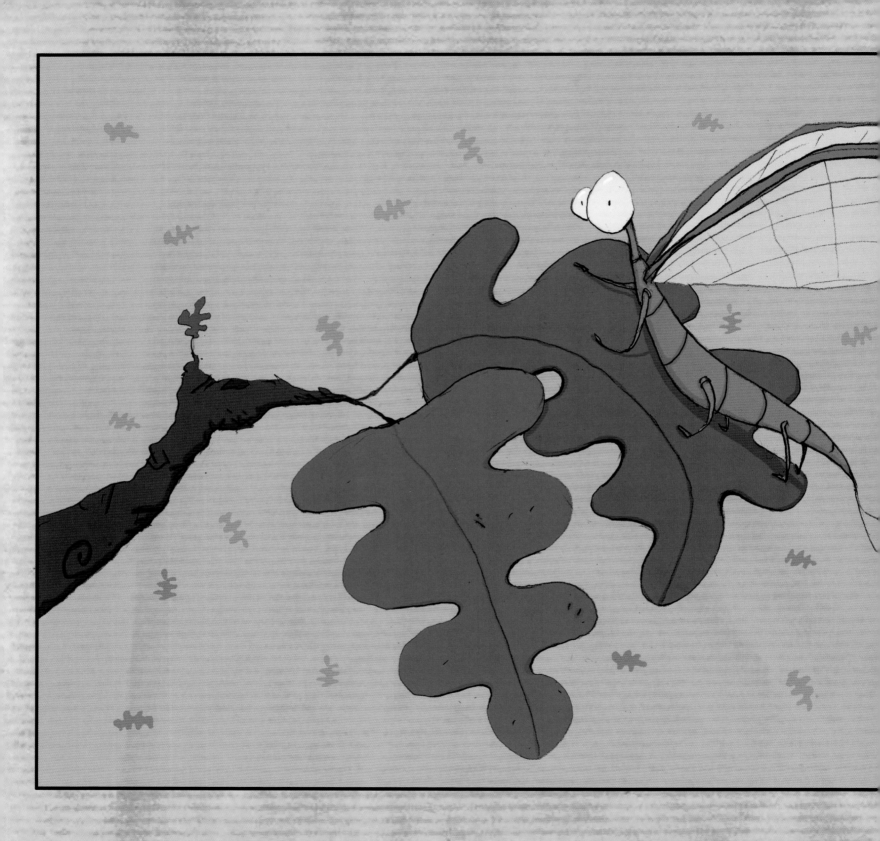

**Ephemeroptera
(Efímera)**
De adulto, es un insecto pequeño y frágil.
Posee alas transparentes. La efímera pasa
la mayor parte de su vida (2 o 3 años)
en forma de larva. Cuando la ninfa se
transforma en adulto, levanta el vuelo
¡y no vive más que un solo día!

—¡Ya lo tengo! Lo he encontrado.
Su nombre es efff... mmm... efem...
no, efim... efímera, eso es,

e - fí - me - ra.

Y se caracteriza porque... ¡oh!,

¡no puede ser!

—¿QUÉ?

—¡Solo vive un día!

—¡OH, QUÉ TRISTE!

PERO ¿POR QUÉ?

¡ES MUY POCO TIEMPO!

¡NO ES JUSTO!

—*Escucha. Tengo una idea. Como no le queda mucho tiempo, le vamos a hacer pasar*

un día formidable.

¿Estás de acuerdo, hermanito?

—¡SÍ! ¡GENIAL!

Efímera con los piratas
(13.53 horas)

Efímera en el circo
(14.47 horas)

Efímera jugando a indios y vaqueros
(15.39 horas)

Efímera de piloto de carreras
(16.44 horas)

Efímera en el cine
(17.33 horas)

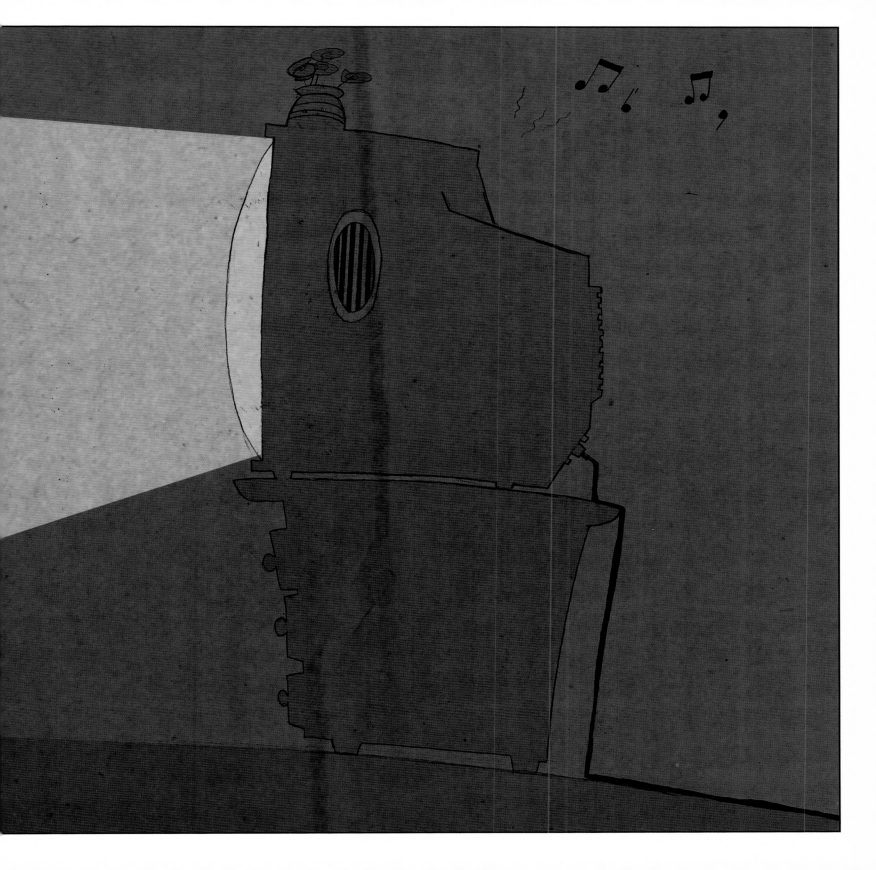

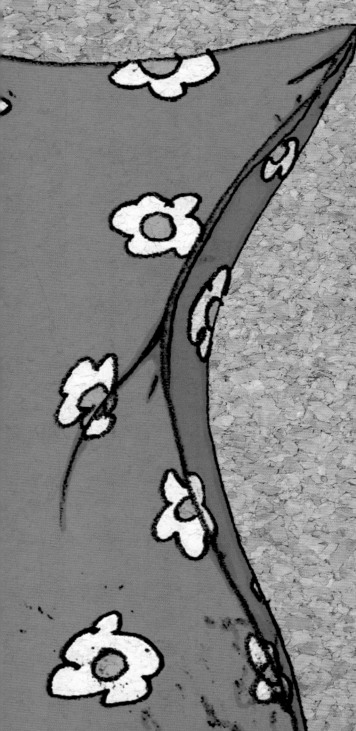

—PERO ¡SI YA SE HA DORMIDO, LA MUY PILLINA! ¡EEO! ¡HOOOLA! ¿EFFFMÍM... ERA?

PUES DUERME LA MAR DE BIEN.

—Hum, creo... ¡creo que está muerta!

Creo que su vida se ha acabado.

—No te pongas triste. Ya te lo he dicho.
Solo vive un día. ¡Es así!
Seguro que con todos los juegos
que le hemos hecho descubrir
ha pasado un superdía, ha tenido...

¡una supervida!

—TIENES RAZÓN.
PERO ENTONCES NUESTRO CASO ES PARECIDO...

—¿Qué quieres decir con parecido?

—QUE NOSOTROS
ES COMO SI
VIVIÉRAMOS UN
SOLO DÍA PERO
MÁS LARGO...

ASÍ QUE VENGA, HERMANITO,
¡VAMOS A JUGAR!